Adolf Bauer

Herodot's Biographie: Eine Untersuchung

Antigonos

Adolf Bauer

Herodot's Biographie: Eine Untersuchung

Unveränderter Nachdruck der Originalausgabe von 1878.

1. Auflage 2024 | ISBN: 978-3-38673-497-4

Antigonos Verlag ist ein Imprint der Outlook Verlagsgesellschaft mbH.

Verlag: Outlook Verlag GmbH, Zeilweg 44, 60439 Frankfurt, Deutschland, info@outlook-verlag.de
Vertretungsberechtigt: E. Roepke, Zeilweg 44, 60439 Frankfurt, Deutschland
Druck: Libri Plureos GmbH, Friedensallee 273, 22763 Hamburg, Deutschland

HERODOT'S BIOGRAPHIE.

EINE UNTERSUCHUNG

VON

DR. ADOLF BAUER.

WIEN, 1878.

IN COMMISSION BEI KARL GEROLD'S SOHN

BUCHHÄNDLER DER KAIS. AKADEMIE DER WISSENSCHAFTEN.

Aus dem Jännerhefte des Jahrganges 1878 der Sitzungsberichte der phil.-hist. Classe der kais. Akademie der Wissenschaften (LXXXIX. Bd., S. 391) besonders abgedruckt.

Druck von Adolf Holzhausen in Wien
k. k. Universitäts-Buchdruckerei.

In der Geschichte Athens gibt es keinen Zeitraum glor-
reicheren Schaffens als die anderthalb Decennien nach der
Eroberung der Stadt und des Landes durch Xerxes; aus dem
Nichts hatte dieses Volk, dessen Männer zur Zeit der höchsten
Noth auf ihren Schiffen zur griechischen Flotte nach Salamis
stiessen, während die Frauen, Greise und Kinder von der
Mildthätigkeit der benachbarten Städte und Inseln lebten, den
ersten Staat Griechenlands gebildet.

Eine Geschichte dieser seiner Thaten von dem Zeit-
punkte der schliesslichen Verdrängung der Perser bis zum Beginne des peloponnesischen Krieges besitzen wir nicht. Thukydides [1] wusste keinen andern Darsteller als Hellanikos zu
nennen, und fand sich veranlasst, da dieser nur kurz und
genauer Chronologie nicht entsprechend über den Zeitraum ge-
handelt habe, in seiner Pentekontaëtie, eine gedrängte Ueber-
sicht der Ereignisse eben dieser Zeit zu schreiben. Die beiden
grossen Historiker der Griechen, Herodot und Thukydides, ge-
hören eben ihrer Eigenart nach den geistigen Strömungen der
beiden Zeiträume an, die vor dem Ende der Perserkriege und
nach dem Beginne des peloponnesischen Krieges wirkten, und
es kann nur durch ein Verkennen dieses Umstandes für Herodot
vorausgesetzt werden, er habe sein Werk noch weiter führen

---

[1] Thuk. I. 97. 2 (ed. Krüger) ἔγραψα δὲ αὐτὰ καὶ τὴν ἐκβολὴν τοῦ λόγου
ἐποιησάμην διὰ τόδε, ὅτι τοῖς πρὸ ἐμοῦ ἅπασιν ἐκλιπὲς τοῦτο ἦν τὸ χωρίον καὶ
ἢ τὰ πρὸ τῶν Μηδικῶν Ἑλληνικὰ ξυνετίθεσαν ἢ αὐτὰ τὰ Μηδικά· τούτων
δ' ὅσπερ καὶ ἥψατο ἐν τῇ Ἀττικῇ ξυγγραφῇ, Ἑλλάνικος βραχέως τε καὶ τοῖς
χρόνοις οὐκ ἀκριβῶς ἐπεμνήσθη.

1*

wollen, als er es that. Mögen wir immerhin den Kampf der
Hellenen und Barbaren, den Herodot, wie er in der Einleitung
seines Werkes sagt, schildern will, erst mit der Eurymedon-
schlacht beendet sehen, Herodot sah das Ende in der Belagerung von Sestos, und da sollten wir nicht klüger sein wollen
und ihm dies zugestehen.

Wie Herodot zu seiner eigenen Zeit stand, das zeigt die
Art und Weise, in welcher er derselben gedenkt; vorüber-
gehend und an wenigen Stellen[1] nur berührt er Ereignisse,
die er selber erlebte. So sehr war er mit seiner Denkweise
abhängig von den grossen Eindrücken der in Kleinasien ver-
brachten Jugendzeit, deren Ideale eben der Kampf und Sieg
der Griechen über die Barbaren waren. Ein solches Werk,
dem doch alles ferner liegt, als die Verherrlichung der neuen
athenischen Demokratie auch nur in einem seiner Theile, die
·neuestens aus dem dritten Buche erschlossen worden ist,[2]
musste in Vergessenheit gerathen, sobald die Erinnerung an
die grosse Vergangenheit der politischen Thätigkeit der Gegenwart wich. Wie Thukydides in der Pentekontaëtie damit um-
geht, ersieht man leicht: es wird deutlich, aber ohne den Autor
zu nennen, einzelnes rectificirt, im übrigen scheint es eben
schon für antiquirt und unlesbar gehalten worden zu sein, benützt hat es Thukydides nicht.[3] So wurden Nachrichten unseres

---

[1] Vgl. die Zusammenstellung der Notizen, die sich auf Ereignisse nach der
Belagerung von Sestos beziehen, bei Schöll Philol. 1854. Bd. IX. S. 196 f.
Dieselben können selbstverständlich nicht alle als von Herodot ‚erlebt‘
bezeichnet werden, da ein guter Theil in seine frühe Jugend fällt.

[2] Wilamowitz-Möllendorf im Hermes Bd. XII. 3. H. S. 326 f. macht dies
S. 331 Anm. 11 gegen Büdinger zu Gunsten der Kirchhoff'schen Ansicht
geltend, vgl. Hachez, de Herod. itineribus et scriptis. Götting. 1878, p. 5.

[3] Die bezeichnendste Stelle bei Thukydides ist die über den Mord der
Kyloneer. Man vergleiche:

<table>
<tr><td>Thuk. I. 126.</td><td>Herod. V. 71.</td></tr>
<tr><td>Κύλων ἦν Ὀλυμπιονίκης, ἀνὴρ Ἀθηναῖος, τῶν πάλαι εὐγενής τε καὶ δυνατὸς .... ἐπειδὴ ἐπῆλθον Ὀλύμπια τὰ ἐν Πελοποννήσῳ, κατέλαβε τὴν ἀκρόπολιν ὡς ἐπὶ τυραννίδι..... ἀναστήσαντες δὲ αὐτοὺς οἱ τῶν Ἀθη-ναίων ἐπιτετραμμένοι τὴν φυλακήν... ἀπαγαγόντες ἀπέκτειναν.</td><td>Ἦν Κύλων τῶν Ἀθηναίων ἀνὴρ Ὀλυμπιονίκης· οὗτος ἐπὶ τυραν-νίδι ἐκόμησε.... καταλαβεῖν τὴν ἀκρόπολιν ἐπειρήθη..... τούτους ἀνιστᾶσι μὲν οἱ πρυτάνιες τῶν ναυ-κράρων.</td></tr>
</table>

Autors, soweit sie hellenische Geschichte betrafen, beurtheilt
und verurtheilt, aber auch was er von der Vergangenheit

Es ist unumgänglich nöthig anzunehmen, Thukydides habe Herodot vor
sich liegen gehabt; wenn seine Darstellung also abweicht, so hat er ab-
sichtlich corrigirt. Es heisst aber Thukydides für sehr thöricht halten,
wenn man wie G. Gilbert (Fleckeis. Jahrb. Bd. 111, S. 10) gegen Wecklein
(Sitzungsber. der Münchner Akad. phil.-hist. Klasse 1873) behauptet,
Thukydides wolle an dieser Stelle sagen, es habe keine Prytanen der
Naukraren gegeben; dies schlagendste Argument hätte sich der Autor,
der hier berichtigen will, gewiss nicht vorenthalten. Ebenso muss Herodot
an dieser Stelle um des Schlusssatzes willen: ταῦτα πρὸ τῆς Πεισιστράτου
ἡλικίης ἐγένετο sich vorwerfen lassen, diese Zeitbestimmung mit besonders
parteiischen Absichten gewählt zu haben, während doch nichts näher
lag, als den Versuch Kylon's die Tyrannis zu gewinnen, vor der Tyrannis
der Peisistratiden liegend zu bezeichnen. Damit fallen aber auch
die weiteren Schlussfolgerungen und angeblichen Bestätigungen von
Kirchhoff's Ansicht über die Abfassungszeit des fünften Buches.

Die Auffassung des Charakters des Themistokles bei Thukydides
und Herodot ist eine gleichfalls abweichende, und man wird, da wir noch
anderweitig die Polemik des ersteren Schriftstellers feststellen können,
mit Wilamowitz (a. a. O. S. 364) annehmen dürfen, er habe I. 138
οἰκείᾳ γὰρ ξυνέσει καὶ οὔτε προμαθὼν ἐς αὐτὴν οὐδὲν οὔτ' ἐπιμαθὼν τῶν τε
παραχρῆμα δι' ἐλαχίστης βουλῆς κράτιστος γνώμων καὶ τῶν μελλόντων ἐπὶ
πλεῖστον τοῦ γενησομένου ἄριστος εἰκαστής... Verwahrung einlegen wollen
gegen die Anekdote bei Herodot VIII. 58, Themistokles habe auf des
Mnesiphilos Rath den Eurybiades zum Ausharren bei Salamis vermocht:
ἐνθαῦτα ὁ Θεμιστοκλέης παριζόμενός οἱ καταλέγει ἐκεῖνά τε πάντα, τὰ ἤκουσε
Μνησιφίλου, ἑωυτοῦ ποιεύμενος καὶ ἄλλα πολλὰ προστιθείς...

Eine Stelle bei Thukydides, wo abermals ganz ausdrücklich auf
Herodot Bezug genommen wird, allerdings nicht mehr in der Pentekontaëtie, ist II. 8. Wenn es hier heisst: ἔτι δὲ Δῆλος ἐκινήθη ὀλίγον πρὸ
τούτων (d. Anfange des pelop. Krieges) πρότερον οὔπω σεισθεῖσα, ἀφ'
οὗ Ἕλληνες μέμνηνται· ἐλέγετο δὲ καὶ ἐδόκει ἐπὶ τοῖς μέλλουσι γενήσεσθαι
σημῆναι, so liegt in diesen Worten die Absicht, die Behauptung in Abrede
zu stellen, es habe früher schon auf Delos ein Erdbeben stattgefunden.
Dieselbe spricht aber Herodot VI. 98 aus, Datis kam auf die Insel: μετὰ
δὲ τοῦτον ἐνθεῦτεν ἐξαναχθέντα Δῆλος ἐκινήθη, ὡς ἔλεγον Δήλιοι, καὶ πρῶτα
καὶ ὕστατα μέχρι ἐμεῦ σεισθεῖσα. Die richtige Erklärung für den
Gegensatz der beiden Autoren hat vielleicht Stein in der Anmerkung
zu der Stelle, der das Ereigniss in der Mitte zwischen 490 und 431
eintreten lässt, oder aber beide Autoren geben entgegengesetzte Meinun-
gen von Deliern selbst wieder.

Auch die Differenzen zwischen Thukydides I. 20 besonders VI. 54
und Herodot V. 55—59, betreffend die Peisistratiden—Thukydides stellt
selbst die Geschlechtsverwandtschaft der Mörder Hipparch's, die bei

des Orientes auf Grund seiner Reisen und Forschungen erkundet hatte, erfuhr lebhafte Angriffe und ward in den Augen des Publikums discreditirt. Ktesias [1] von Knidos bezeichnete ihn als schlecht unterrichtet in der Geschichte des Kyros, Kambyses, Dareios und Xerxes, und erzählte dieselbe ganz abweichend. Für das grosse Publikum der spätern Zeit wurde unser Autor ersetzt und überflüssig gemacht durch Ephoros,

---

Herodot als ursprünglich phoinikische Gephyraier erscheinen, in Abrede, indem er Aristogeiton nur als μέσος πολίτης gelten lässt — gehen zum Theil auf dasselbe Bestreben des ersteren zurück, wenn auch Thukydides grundsätzlich (VI. 54, 5) ein Verehrer der Peisistratiden ist; kurz, man sieht, Herodot existirt für die Generation des peloponnesischen Krieges nur mehr um bekrittelt und widerlegt zu werden. Besonders characteristisch für Thukydides Urtheil über Herodot ist I. 20. Wie Herodot VI. 57 sich die Abstimmung der Geronten als Stellvertreter der Könige dachte, ist schwer zu erkennen, gegen mögliche Missverständnisse richtet sich Thukydides: πολλὰ δὲ καὶ ἄλλα ἔτι καὶ νῦν ὄντα καὶ οὐ χρόνῳ ἀμνηστούμενα καὶ οἱ ἄλλοι Ἕλληνες οὐκ ὀρθῶς οἴονται, ὥσπερ τοὺς τε Λακεδαιμονίους βασιλέας μὴ μιᾷ ψήφῳ προστίθεσθαι ἑκάτερον ἀλλὰ δυοῖν, καὶ τὸν Πιτανάτην λόχον αὐτοῖς εἶναι, ὃς οὐδ' ἐγένετο πώποτε· οὕτως ἀταλαίπωρος τοῖς πολλοῖς ἡ ζήτησις τῆς ἀληθείας καὶ ἐπὶ τὰ ἑτοῖμα μᾶλλον τρέπονται. Die Existenz eines λόχος Πιτανάτης hatte aber Herodot für die Zeit der Schlacht von Plataiai in der That behauptet IX. 53. Und wenn Thukydides I. 21 sagt, er wolle nicht schreiben: οὔτε ὡς ποιηταὶ ὑμνήκασι . . . οὔτε ὡς λογογράφοι ξυνέθεσαν, so ist damit die Perseis des Choirilos einerseits und des Herodot Werk andrerseits gemeint, von welchem letzteren der meiner 'Ansicht von dessen Entstehung ganz entsprechende Ausdruck ξυντίθεσθαι gebraucht ist. Wenn dann I. 22 dem κτῆμα εἰς ἀεί ein ἀγώνισμα ἐς τὸ παραχρῆμα ἀκούειν gegenüber steht, so ist damit der Vortrag des Choirilos an den Panathenäen weiter bezeugt (Hesych. fr. 7. No. 75 Müller IV. 177. a, Suid. s. v. Choirilos ed. Bernh. II. 2. p. 1691) und es ist gestattet, da die frühere Distinction zwischen Dichtern und Logographen nicht beibehalten wird, auch an Herodot's Vorlesungen zu denken, zumal Thuk. kurz vorher sagt, dass seine Arbeit wegen Mangels an mythischen Geschichtchen weniger erfreulich zum Anhören (εἰς ἀκρόασιν) sei. Demnach kann, man gespannt sein, wie Ch. Röse seinem Versprechen (Neue Jahrb. f. Phil. Bd. 115, S. 268) gemäss, diese Thatsachen entkräften und zeigen wird, Thukydides habe keinen geschriebenen Herodot benützt.

[1] Photios bibl. cod. 72 ed. Bekker, p. 35 (Κτησίας) διέξεισι τὰ περὶ Κύρου καὶ Καμβύσου καὶ τοῦ μάγου Δαρείου τε καὶ τοῦ Ξέρξου, σχεδὸν ἐν ἅπασιν ἀντικείμενα Ἡροδότῳ ἱστορῶν, ἀλλὰ καὶ ψεύστην αὐτὸν ἀπελέγχων ἐν πολλοῖς καὶ λογοποιὸν ἀποκαλῶν. Vgl. Diod. bibl. II. 15. 1 Κτησίας δ' ὁ Κνίδιος ἀποφαινόμενος τοῦτον (Ἡρόδοτον) σχεδιάζειν, αὐτός φησι. . . .

der ihn zwar ausgiebig benützte, [1] aber die Nachrichten desselben dem phrasenbedürftigen Publikum nach allen Regeln der Rhetoren zurecht zu machen wusste; daran musste man eben bis zum Ueberdruss genug haben, bis man die Reize des naiven Erzählers selber wieder zu würdigen vermochte.

So darf es uns nicht wundern, wenn über den Verfasser eines solchen Werkes die eigenen Zeitgenossen und die unmittelbar folgende Generation nichts berichten, in der Thätigkeit des Tages aufgehend, so dass sie nicht einmal zur Aufzeichnung der wichtigen politischen Ereignisse Zeit fanden. Von den Späteren, denen das Zutrauen zu des Autors Glaubwürdigkeit genommen war, ist dies um so weniger zu erwarten. Dies konnte freilich nur so lange angehen, als man nicht begann an der Vergangenheit ein rein gelehrtes Interesse zu haben, was in der That erst dann geschieht, wenn die Gegenwart hervorragenden Talenten nichts mehr zu geistiger Erhebung bieten kann. So ist denn auch in unserem Falle Herodot's nicht gedacht worden bis zur Zeit des Unterganges der griechischen Weltmonarchie, und zwar vornehmlich, bis in Alexandreia die Gelehrsamkeit sich aufthat, der wir für die Kenntniss griechischer Vergangenheit so Ausserordentliches verdanken. Damals ist aber, da die Ueberlieferung, wie wir sahen, nur sehr dürftig sein konnte, das Verlangen gefühlt worden die Lückenhaftigkeit der Nachrichten über Schriftsteller zu ergänzen, an deren echter, alter Biederkeit die vom Gelehrteneifer erfüllten Generationen sich erfreuten, welche sie eben deshalb wieder hervorgesucht hatten. Dies geschah im guten und schlimmen Sinne, je nach dem historischen Gewissen derer, die an diese Frage herantraten. Erwägt man noch, dass diese Resultate der Studien der Alexandriner noch mancherlei Umwandlungen durchzumachen hatten, bis sie in unsere Hände gelangten, so ist nur das eine zu verwundern, dass man im allgemeinen in den meisten Stücken diese Nachrichten geglaubt hat, während man doch ihrer Genesis nur nachzugehen

---

[1] Auch Kirchhoff im Hermes Bd. XI, der delische Bund etc. S. 6, hat dieselbe Ansicht ausgesprochen; deren Richtigkeit bestätigt eine Untersuchung des Verhältnisses von Ephoros zu Herodot, die der Verfasser an anderem Orte zu führen gedenkt.

braucht, um das Wahre vom Falschen zu sondern. Dieser Versuch soll im Folgenden gemacht werden und zwar selbst auf die Gefahr hin, dass nur eine geringe Anzahl von Nachrichten die Untersuchung aushalten sollte, da es doch besser ist, Weniges sicher als viel Unsicheres über eine Persönlichkeit wie Herodot zu wissen.

Was man über unseren Autor von Thukydides an bis in's dritte Jahrhundert gewusst hat, kann nach dem oben Gesagten nicht viel gewesen sein, gleichwohl lässt sich ein Theil dieser Kenntniss aus der Menge des Ueberlieferten, wie ich glaube, ganz sicher erkennen. Dass man Falsches und Unrichtiges für richtig hielt, und dass dies einer dem anderen nachschrieb, darf uns bei Herodot's Verschollensein nicht wundern. So hielt man Herodot zu Alexander des Grossen Zeit für einen Thurier und nicht für einen Halikarnassier. Diese Ansicht muss so bestimmt aufgetreten sein, dass auch die einleitenden Worte Herodot's demgemäss umgestaltet wurden; so las Aristoteles in seinem Handexemplar das Proömium: Ἡροδότου Θουρίου ἥδ' ἱστορίης ἀπόδεξις, denn so citirt er die Anfangsworte in der Rhetorik (III. 9. ed. Ber. p. 1409. a). Wenn man daran Anstoss nehmen sollte, dass Aristoteles nicht gewusst habe, Herodot sei in Halikarnass geboren, so ist die Art und Weise, in der er unseres Autors sonst gedenkt, durchaus geeignet diesen Zweifel zu benehmen. Er kennt Herodot überhaupt nur für ganz wenige naturgeschichtliche Angaben, in denen er demselben auch gar keinen Glauben beimisst,[1] er nennt ihn desshalb μυθόλογος[2] und wenn er auch auf Ktesias nicht gut zu sprechen ist,[3] so beweist die Anführung des Letzteren im Zusammenhange mit Herodot doch nur, dass seine Polemik mindestens in sofern von Erfolg gekrönt war, als man von Herodot's Angaben nicht mehr sprechen konnte, ohne auf dieselbe einzugehen.[4] Die fabelhafte Naturgeschichte rechnet also Herodot allerdings zu ihren

---

[1] Περὶ τὰ ζῷα ἱστοριῶν. ζ. 31. ed. Ber. p. 579. b. 2, oder aber er benützt ihn ohne ihn zu nennen, vgl. Her. IV. 129. 28 und Ar. π. τὰ ζῷα ἱστ. θ. 25 p. 605. a. 21, π. ζώων γενέσ. β. 8. p. 748 a. 22.

[2] Περὶ ζώων γενέσεως p. 756. b. 6.

[3] Περὶ τὰ ζῷα ἱστοριῶν. β. 1. p. 501 a. 25, ibid. θ. 28. p. 606 a. 8.

[4] Περὶ ζώων γενέσεως β. 2. p. 736 a. 2 und περὶ τὰ ζῷα ἱστοριῶν γ. 22. p. 523 a. 26.

Quellen und Spätere mögen immerhin auch ihm für die Geschichte des Orientes manche Nachricht entnommen haben, aber das blosse Citat des Anfanges des Proömiums als ein Beispiel der alten εἰρομένη λέξις in der Rhetorik kann doch unmöglich beweisend sein für die Ansicht ‚Herodot sei noch für Aristoteles der Typus des Historikers‘, und einen anderen Grund für diesen Ausspruch von Wilamowitz [1] wüsste ich nicht.

Freilich ist man sich über die Bezeichnung Herodot's als Thurier nicht vollständig klar geworden, man dachte eben, das sei irgend ein Beiname oder unser Autor selber habe in der That so geschrieben, um sich als Bürger dieser athenischen Kolonie zu bezeichnen, man vergass dabei auf die sonst mit Recht hervorgehobenen Sympathien für Halikarnass, und auf die Analogie mit anderen Schriftstellern; so nannte sich Hekataios einen Milesier [2] und Thukydides einen Athener. [3] Wenn aber schon das Citat bei Aristoteles allein dies nicht zulässt, so kommt dazu, dass auch Duris von Samos Herodot als einen Thurier bezeichnet, und zwar ausdrücklich Thurioi als Geburtsstätte im Auge hat. Suidas [4] citirt nach demselben in der Biographie des Panyasis, den **er** einen Halikarnassier nennt, fügt jedoch hinzu, Duris mache denselben zu einem Samier, wie er denn auch Herodot einen Thurier nenne. Man sieht also diese Ansicht von der Herkunft Herodot's war mindestens in der aristotelischen Schule, der Duris durch seinen Lehrer Theophrast angehörte, ganz gang und gäbe. Dieselbe muss aber eine ziemlich unumstössliche Geltung gehabt haben, da Duris, der nicht Anstand nahm, den epischen Dichter von Halikarnass aus Localpatriotismus zu einem Samier zu machen, ein Gleiches bei Herodot nicht zu thun wagte, sondern der Vulgata folgend ihn eben einen Thurier nannte.

Ein ähnlicher Localpatriotismus hat es bewirkt, dass die schriftstellerische Thätigkeit und mehr als diese bei einer An-

---

[1] a. a. O. S. 333, Anm. 13.

[2] Frgm. 332 bei Müller Frgm. hist. gr. I. p. 25. b.

[3] Thukyd. I. 1.

[4] Suidae. lexic. s. v. Πανύασις ed. Bernhardy vol. II. 2, p. 57. Πανύασις, Πολυάρχου, Ἁλικαρνασσεύς, τερατοσκόπος καὶ ποιητὴς ἐπῶν · ὃς σβεσθεῖσαν, τὴν ποιητικὴν ἐπανήγαγε. Δοῦρις δὲ Διοκλέους τε παῖδα ἀνέγραψε καὶ Σάμιον · ὁμοίως δὲ καὶ Ἡρόδοτον Θούριον.

zahl griechischer Autoren nach Unteritalien und Sicilien verlegt ward. Dies geschah auch bei Thukydides und für diese Fälschung ist Timaios von Wilamowitz [1] verantwortlich gemacht worden. In dem Leben des Thukydides von Markellinos [2] heisst es c. 25: μὴ γὰρ δὴ πειθώμεθα Τιμαίῳ λέγοντι ὡς φυγὼν ᾤκησεν ἐν Ἰταλίᾳ und c. 33: τὸ δ' ἐν Ἰταλίᾳ Τίμαιον αὐτὸν καὶ ἄλλους λέγειν κεῖσθαι μὴ καὶ σφόδρα καταγελαστὸν ᾖ. Die Stellen an und für sich berechtigen nicht zu der Annahme, Timaios sei der Erfinder dieser Nachricht; für Herodot's Thätigkeit in Unteritalien und dessen Tod daselbst ist er mindestens nicht der erste Gewährsmann, sondern folgte darin, falls er dies berichtete, einer ältern Vorlage, da diese Behauptung zu Aristoteles Zeit schon die Form angenommen hatte, Herodot sei ein Thurier gewesen. Obwohl aber nicht einmal bezeugt ist, dass Timaios für Herodot des gleichen Fehlers schuldig ist, so meint Wilamowitz doch noch weiter gehen zu können, und er vermuthet Timaios habe von einem Grabe des Thukydides, wo möglich neben dem Herodot's gesprochen; dies ist ein Gedanke ex apparatu auctoris, der in das Capitel von der mit Recht geschmähten combinatorischen Kritik gehört.

Die Ueberlieferung der späteren Zeit liegt uns bei verschiedenen Autoren vor; daran aber zweifelt Niemand mehr, dass Herodot halikarnassischer Herkunft war, das muss also festgestellt und untersucht worden sein, so dass es zur allgemeinen Geltung kam. Als man Herodot's Werke wieder hervorsuchte, hat man natürlich auch mit deren Text sich beschäftigt. Zweierlei von dieser Thätigkeit der Alexandriner können wir noch erkennen: die schöne Eintheilung in neun Bücher, die so geschickt gemacht ist, dass einige mit dem Nachsatze einer mit μέν und δέ verbundenen Periode beginnen, deren erster Theil mit μέν den Schluss des vorhergehenden Buches bildet; die Abschnitte sind durchaus äusserlich gewählt.[3] Aber auch das Ἡροδότου Θουρίου ἥδ' ἱστορίης ἀπόδεξις wurde beseitigt und an dessen Stelle lesen wir in unserem Texte gewiss richtig: Ἡροδότου

---

[1] a. a. O. S. 329.

[2] S. 188—190 des Abdruckes in der Krüger'schen Thukydides-Ausgabe.

[3] Vgl. darüber Ausführlicheres in des Verfassers Schrift: Die Entstehung des herodotischen Geschichtswerkes. Wien, Braumüller 1878.

Ἀλιχαρνησσέος ἱστορίης ἀπόδεξις ἥδε. Noch ist der Grund erhalten der von gelehrter Seite für Beseitigung der obigen Leseart geltend gemacht wurde. Noch zu Plutarchs Zeit [1] war sie erhalten, aber man hielt sie für falsch. In der Schrift über die Verbannung [2] sagt dieser Autor: viele schrieben anstatt Ἡροδότου Ἀλιχαρνασσέως ἱστορίης ἀπόδεξις ἥδε — Ἡροδότου Θουρίου, denn er habe an der Kolonie nach Thurioi theilgenommen. Derselbe Plutarch [3] berichtet in der Schrift von des Herodot Bosheit, unser Autor hätte es gar nicht nöthig gehabt über die Hellenen, die es mit dem Perserkönige hielten, so herzufallen, da er doch von den Uebrigen zwar für einen Thurier gehalten werde, selbst aber Vorliebe für Halikarnass habe, das, obwohl dorisch, doch unter Artemisia mit Xerxes gegen Hellas zu Felde gezogen sei. Dieselbe Argumentation wie an der ersten Plutarchstelle kehrt wieder bei Strabo; [4] wenn dieser Gewährsmann sagt, man habe ihn später einen Thurier genannt, so zweifle ich, dass er dabei wusste, dass schon Aristoteles und Duris dies thaten, er konnte sich eben diese nach seiner Ansicht unrichtige Nachricht nicht so früh entstanden denken, wie ich

---

[1] Wenn noch Julian in dem Briefe, den Suid. s. v. Ἡρόδοτος aufbewahrt hat, von dem Θούριος λογοποιός spricht, so beweist dies eben für den Gang unserer Untersuchung, dass der Irrthum noch lange nachwirkte.

[2] Plut. de exil. ed. Wyttenbach vol. III. 1. p. 978 μετῴχησε γὰρ εἰς Θουρίους καὶ τῆς ἀποικίας ἐκείνης μετέσχε.

[3] Plut. de malign. Her. c. 35. ed Wyttenb. vol. IV. 1. p. 408 Ἔδει μὲν οὖν μηδὲ τοῖς μηδίσασιν Ἑλλήνων ἄγαν ἐπεμβαίνειν, καὶ ταῦτα Θούριον μὲν ὑπὸ τῶν ἄλλων νομιζόμενον, αὐτὸν δὲ Ἀλιχαρνασσέων περιεχόμενον, οἳ Δωριεῖς ὄντες μετὰ τῆς γυναικωνίτιδος ἐπὶ τοὺς Ἕλληνας ἐστράτευσαν. Es bleibt mir unverständlich, wie G. Rawlinson: History of Herodotos 2. ed. London 1862 introd. essay p. 3 zwischen den beiden Angaben Plutarchs einen Gegensatz herausfinden kann, dahin gehend, der Verfasser der Schrift v. d. Herod. Bosheit (Rawlinson hält sie wohl dieses vermeintlichen Gegensatzes wegen für pseudoplutarcheisch) wolle hier Herodot als einen Thurier bezeichnen. Dass übrigens diese Schrift Plutarch zugehört, hat G. Lahmeier: De libelli Plutarchei, qui de malign. Herod. inscribitur et auctoritate et auctore. Göttingen 1848, längst gezeigt.

[4] Strabo, p. 656 l. XIV. c. 2 ed. Kramer vol. III. p. 131 ἄνδρες δὲ γεγόνασιν ἐξ αὐτῆς (Ἀλιχαρνασσοῦ) Ἡρόδοτός τε ὁ συγγραφεύς, ὃν ὕστερον Θούριον ἐκάλεσαν διὰ τὸ κοινωνῆσαι τῆς εἰς Θουρίους ἀποικίας.

dies gezeigt zu haben glaube. Bei allen anderen Schriftstellern [1] erscheint Herodot nur mehr als Halikarnassier.

Diese Betrachtung ist nun aber auch von grösster Wichtigkeit für die Beurtheilung der Nachrichten von Herodot's Lebensschicksalen überhaupt. Wir lesen nämlich jetzt bei Suidas [2] am ausführlichsten etwa Folgendes. Herodot sei der Sohn des Lyxes und der Dryo gewesen, vornehmer Leute in Halikarnass, habe einen Bruder Theodoros gehabt, und sei mit dem epischen Dichter Panyasis verwandt gewesen. Wie, das weiss freilich des Suidas trefflicher Gewährsmann nicht genau; Lyxes, des Herodot Vater und der des Panyasis, Polyarchos, sollen Brüder gewesen sein, dies ist die eine Version; nach der anderen sei Rhoio (man kann gerne zugeben, dass Dryo und Rhoio derselbe Name sein soll), des Herodot Mutter, die Schwester des Panyasis gewesen.

Da man hier den Grund einer Erfindung nicht gut einsah, so hat man dies geglaubt und mehr als das, man hat dieser Verwandtschaft auch auf geistigem Gebiete nachgespürt und sie da natürlich bestätigt gefunden. So Schöll [3] und die ihm folgten. Diese Nachrichten erweisen sich zunächst als spät entstanden, weil sie von der allerdings richtigen aber nicht ursprünglichen Voraussetzung ausgehen, Herodot sei ein Halikarnassier gewesen. Das war es aber eben: Ἡρόδοτος Ἁλικαρνασσεύς war für einen wieder hervorgesuchten, nun bewunderten und bald vielberühmten Schriftsteller zu erbärmlich, und da

---

[1] Luciani de domo c. 20. vol. VIII. p. 107 ed. Bipont, Herod. siv. Aëtion c. 1. vol. IV. p. 116, Dionys. Halic. jud. de Thuc: ὁ δ' Ἁλικαρνασσεύς Ἡρόδοτος ..... S. 820 ed. Reiske Leipz. 1774, Plutarch und Strabon vergl. die drei vorhergehenden Anmerkungen. Stephanus Byz. vergl. unten, von Späteren wie Ptolemaios Chennos bei Photios bibl. 148 b ed. Bekker oder Suidas s. v. muss abgesehen werden.

[2] Suid. lex. s. v. Ἡρόδοτος ed. Bernh. II. 2. p. 893 und id. s. v. Πανύασις a. a. O.

[3] Schöll: Herodots Entwicklung zu seinem Beruf, Philolog. Bd. X. 1855 S. 25 f. Modificirt ist dessen Ansicht von den chresmologischen Gedichten als Vorlagen Herodot's für einen guten Theil seiner Darstellung von Fr. Benedikt: de oraculis ab Herodoto commemoratis Bonn 1871. Ebenso Wecklein: Tradition der Perserkriege. Sitzungsber. d. Münchn. Akad. 1876.

ward er denn schnell mit der guten Gesellschaft seiner ihm
zurückgegebenen Vaterstadt in verwandtschaftliche Beziehung
gebracht. Der Charakter der Ueberlieferung zeigt noch deutlich die Mache, trotzdem ist sie, soviel ich sehe, nur von
G. Rawlinson (a. a. O. intr. essay. p. 4) verworfen worden.
Es konnte dies auf zwei Arten geschehen, da jeder Mensch
einen Vater und eine Mutter hat, durch den ersteren oder die
letztere; es ist bezeichnend genug, dass man, um die Verwandtschaft mit Panyasis zu statuiren, beides versuchte. Die
Namen wusste auch Niemand sicher, Herodot's Vater heisst
auch ausser Lyxes, Xylos oder Oxylos. [1] Schon früher ver-
muthlich als im vierten nachchristlichen Jahrhunderte, konnte
man, wie damals Themistios, [2] darauf rechnen verstanden zu
werden, wenn man von dem Sohne des Lyxes sprach, zumal
Lukianos [3] bereits diese Namensform kennt, und auch die
Grabschrift [4] Herodot's, die das Gepräge gelehrter Erfindung
an der Stirne trägt, dem Vater Herodot's diesen Namen gibt.
Es ist bezeichnend genug, dass Duris von dieser Verwandtschaft nichts wusste, er nannte (a. a. O. bei Suidas) den Vater
des Panyasis Diokles und machte ihn zu einem Samier,
Herodot aber zu einem Thurier; dies Citat des Suidas kann
nur besagen, dass Duris von der bei ihm auseinandergesetzten
Beziehung Beider nichts berichtete. Durch die Verbindung
unseres Autors mit Panyasis hatte man aber eben das Richtige getroffen, um auch von desselben politischer Thätigkeit
etwas berichten zu können und so die mangelhafte Kenntniss
über sein Leben zu ergänzen. Der Charakter des Unsicheren,
der mich veranlasste, die verwandtschaftliche Beziehung als
eine spätere Erfindung zu bezeichnen, kennzeichnet auch die
Nachrichten über Panyasis und die über diesen Mann erhalte-
nen Notizen beweisen uns, wie sehr die gelehrten Alexandriner

---

[1] Vergl. Stein Herodotos, Berlin 1877, 4. Aufl. S. VI Anm. 5 d. Einleitung.

[2] Themistios II. 27 ed. Dindorf ἐμοὶ δὲ περὶ θεῶν εὔστομα κείσθω · κατὰ τὸν
Λύξου. Vergl. Her. II. 171.

[3] Luc. de domo. c. 20. vol. VIII. p. 107 ed. Bipont.

[4] Stephan. Byz. s. v. Θούριοι ed. Westermann p. 139, darnach von Musurus
in das Scholion zu Aristoph. nub. 332 gebracht. Vergl. Dübner Schol.
in Aristoph. adnotat. p. 429 α.

im Finsteren zu suchen genöthigt waren, als sie Herodot's
und Panyasis Schicksale verknüpften. Wann Panyasis eigent-
lich gelebt hatte, das wussten des Suidas [1] Quellen nicht genau:
er gibt uns zwei Ansätze, die er eben vorfand, nach dem einen
ist seine Blüthe (so fasst mindestens, wie ich glaube richtig,
Clinton und nach ihm Krüger in den fasti Hellenici das γέγονε
des Suidas) auf Ol. 78 bestimmt, nach anderen Angaben soll
dies viel früher gewesen sein, und dies ist auch des Eusebios,[2]
also auch Apollodors Ansicht, der bereits Ol. 72. 4 dessen
Akme setzt. Suidas selber sagt: καὶ γὰρ ἦν ἐπὶ τῶν Περσικῶν,
womit die Schwierigkeit nicht gelöst wird, das ist so, wie wenn
wir sagen: auf alle Fälle lebte er zur Zeit der Perserkriege,
also wird's schon richtig sein, dass er mit Herodot das gleiche
Schicksal theilte von Lygdamis vertrieben zu werden und im
Kampfe gegen diesen getödtet ward. Daher erzählt uns dann
Suidas [3] auch von Letzterem, er habe vor Lygdamis flüchten
müssen, sei nach Samos gegangen und habe dann von da
zurückkehrend den Tyrannen von Halikarnass vertrieben; war
Herodot einmal in der Familie, so ist doch nichts selbstver-
ständlicher, als dass er dann zum Rächer des Oheims wird.
Für Panyasis mag dies ja immerhin richtig sein, aber wie
unbegründet diese Behauptung für Herodot ist, soll gleich gezeigt werden.

Man hat sich nun bemüht, zwischen dieser Erzählung und
dem bekannten Gange der Geschichte des Perserreiches und
der kleinasiatischen Griechen in ihren wechselseitigen Bezie-
hungen die nöthige Uebereinstimmung herzustellen. Es war
freilich ziemlich unbequem. Lygdamis war, wie die Quelle
des Suidas [4] berichtet, der wir den Roman über Herodot ver-

---

[1] Suidae lexic. s. v. **Panyasis**: ὁ δὲ Πανύασις γέγονε κατὰ τὴν οή ὀλυμπιάδα ·
κατὰ δέ τινας πολλῷ πρεσβύτερος · καὶ γὰρ ἦν ἐπὶ τῶν Περσικῶν.

[2] Eusebi chron. ed. Schöne vol. II. p. 102, 103.

[3] Suid. lex. s. v. Herodotos ed. Bernh. vol. I. 2 p. 893 μετέστη δ' (Ἡρόδοτος) ἐν Σάμῳ διὰ Λύγδαμιν . . . . . ἐλθὼν δὲ εἰς Ἁλικαρνασσόν, καὶ τὸν
τύρρανον ἐξελάσας ἐπειδὴ ὕστερον εἶδεν ἑαυτὸν φθονούμενον ὑπὸ τῶν πολιτῶν,
εἰς τὸ Θούριον ἀποικιζόμενον ὑπὸ Ἀθηναίων ἐθελοντὴς ἦλθε.

[4] ibid. μετέστη . . . . διὰ Λύγδαμιν τὸν ἀπὸ Ἀρτεμισίας τρίτον τύρρανον γενό-
μενον Ἁλικαρνασσοῦ. Πισίνδηλις γὰρ ἦν υἱὸς Ἀρτεμισίας, τοῦ δὲ Πισινδήλιδος
Λύγδαμις.

danken, der dritte Nachkomme der Artemisia, deren Sohn Pisindelis hiess. [1] Dieser Sohn war, wie wir aus Herodot [2] erfahren, als Xerxes gegen Hellas zog, noch nicht alt genug, um regieren zu können, weshalb seine Mutter nach dem Tode ihres Gemahles ein vormundschaftliches Regiment besass. Ol. 81. 3 = 454 jedoch zinst Halikarnass an Athen, [3] und zwar bereits selbständig, der Tyrann Lygdamis muss also schon vertrieben gewesen sein. Da wir über die zwischenliegenden Ereignisse nichts wissen, so ist es immerhin möglich, dass der Zeitraum ausgefüllt sein kann durch das Ende der Regierung der Grossmutter, die des Vaters und des Lygdamis selbst; der Letztere müsste nach der einmal gegebenen Ueberlieferung freilich doch auch längere Zeit geherrscht haben, da Herodot erst später nach einem gescheiterten Versuche der Demokraten wieder in Halikarnass erschienen sein soll. Ich denke, wenn Pisindelis im Jahre der Schlacht von Salamis noch ein νεανίας war, der eine Vormundschaft brauchte, so ist mit den grösstmöglichen Concessionen nur denkbar, dass Lygdamis sehr kurze Zeit geherrscht habe, und es bleibt die grosse Schwierigkeit sich den ganzen Streit mit der demokratischen Partei in einer so kurzen Zeit abgespielt zu denken.

Die ganze Ueberlieferung verdient aber gar nicht das ihr geschenkte Vertrauen, und es muss die ihr soeben zur Noth zugestandene Möglichkeit durch folgende Erwägung vielmehr mit als ein Argument gegen ihre Zuverlässigkeit erscheinen. Sie steht nämlich mit den bestbeglaubigten Nachrichten aus Herodot's Leben in unheilbarem Widerspruch. Herodot, besagt sie, [4] sah sich nachdem er den Tyrannen vertrieben hatte, später von den Bürgern beneidet und gieng freiwillig nach Thurioi, das die Athener gründeten.

---

[1] Bei Plutarch de Herod. mal. 43 ed. Wyttenb. IV. 1 S. 509 heisst er Pigres; das spricht nicht gerade für eine gute Tradition.

[2] Herodot VII. 99 Τῶν μέν νυν ἄλλων οὐ παραμέμνημαι . . . . . . Ἀρτεμισίης δὲ . . . . ἥτις ἀποθανόντος τοῦ ἀνδρὸς αὐτή τε ἔχουσα τὴν τυραννίδα καὶ παιδὸς ὑπάρχοντος νεηνίεω . . . . ἐστρατεύετο . . . .

[3] C. J. A. v. I. p. 96. Nr. 226.

[4] Vgl. S. 402 Anm. 1.

Herodot las 445/4 in Athen vor, und von 444/3 ab giengen Ansiedler nach Thurioi, es ist gar nicht anders möglich, als dass Herodot eben von Athen aus an der Colonie theilnahm. Es wird doch Niemand glauben wollen, er habe sich noch einmal nach Halikarnass begeben, nachdem er in Athen so gefeiert worden war; denn man könnte, falls er dies wirklich gethan hätte, nicht einsehen, warum er beneidet wurde; die Quelle des Suidas wusste von der Vorlesung in Athen gar nichts, war also schlecht unterrichtet und wir haben keinen Grund, ihr dies damit im Zusammenhang Berichtete abzunehmen. Man hatte sich den Gang der Ereignisse so zurecht gelegt, dass man sich Herodot als den Repräsentanten der Gegner des Lygdamis dachte, ihm eine bedeutende politische Rolle zuwies, und ihn um dieser seiner Verdienste willen beneidet sein liess. Später als Stephanos von Byzanz [1] kann die Erfindung nicht sein (und das ist doch spät genug), da dieser bereits in der Lage war eine Grabschrift, die von den Studien über Herodot's Dialect Zeugniss gibt, zu benützen. Da nun diese Grabschrift dasselbe Motiv für unseres Autors Auswanderung nach Unteritalien nennt, so ist sie sicher unecht, wenn sie auch die Entstehung derartiger Nachrichten genügend charakterisirt. Wir sind aber wieder in dieselbe uns schon bekannte Werkstätte gewiesen, in der man den Bau der Herodotvita zimmerte, auf die Studien der Alexandriner, die gerade auch in dieser sprachlichen Hinsicht sich äusserten, wie wir unten sehen werden und in der Textemendation des Proömium bereits sahen. Einer so unverbürgten Ueberlieferung gegenüber kann eine beiläufige Möglichkeit, dass unter dem Eindruck der kimonischen Siege ein derartiger Versuch wie der angebliche Herodot's denkbar sei, mir nie und nimmer als eine Stütze derselben erscheinen.

So scheint mir denn auch das gewichtigste Argument für Herodot's Antheilnahme an einem Versuche Verbannter aus Halikarnass den Tyrannen zu vertreiben aus mehrfachen Gründen nicht stichhaltig. Es ist dies die Vertragsurkunde zwischen

---

[1] Stephanus Byz. s. v. Θούριοι ed. Westermann p. 139.

       Ἡρόδοτον Λύξεω κρύπτει κόνις ἥδε θανόντα,
       Ἰάδος ἀρχαίης ἱστορίης πρύτανιν,
       Δωριέων πάτρης βλαστόντ' ἄπο · τῶν ἄρ' ἄπλητον
       Μῶμον ὑπεκπροφυγὼν Θούριον ἔσχε πάτρην.

Salmakis und Halikarnass, die Newton [1] in dem heutigen Budrun
entdeckte. Ich will von ihr ausgehen und zu zeigen suchen,
was dieselbe besagt, wenn man aus der Suidasüberlieferung
nichts hineinträgt. Das Denkmal ist nicht der eigentliche Vertrag, sondern auf diesen, der in dem Apolloheiligthum hinter-
legt war, wird an zwei Stellen [2] Bezug genommen. Da unsere
Urkunde Bestimmungen für die Regelung der Besitzverhältnisse
enthält, so kann sie nur als Amendement zu diesem eigent-
lichen Vertrage angesehen werden, dessen Verfügungen in der
Ausführung auf Schwierigkeiten stiessen, die eben die ange-
gebenen Aenderungen nöthig machten. Bisher hatte nämlich
Jemand seinen Anspruch auf Land oder Häuser dadurch recht-
fertigen können, dass er unter seinem Eide sich als recht-
mässigen Besitzer angab, vorausgesetzt dass die Mnemonen von
der Gültigkeit desselben überzeugt waren. [3] Dies sollte anders
werden, auf achtzehn Monate noch von dem Erlasse unseres
Decretes sollte der alte Usus mit einer Modification, wie gleich
ersichtlich sein wird, Geltung haben, nach deren Ablauf aber
stand dem momentanen Besitzer in Gegenwart des Anspruch-
erhebenden ein Manifestationseid vor den Richtern zu. [4] Es
folgt noch die Bestimmung, dass als Besitzer zu Rechte alle
diejenigen betrachtet werden sollen, welche Land und Häuser
inne hatten, als Apollonides und Panyames Mnemonen waren,

---

[1] Newton: Discoveries at Halicarnassos etc. plate LXXXV. Textbd. II.
S. 671. Kirchhoff: Studien zur Gesch. d. griech. Alphabetes 2. Aufl.
S. 4. f. Abermals publicirt mit Verbesserungen nach einer Revision u.
Abklatsch von Newton Transactions of the Royal Society, vol. IX. 2,
p. 183. Für die zweite Auflage der Studien zur Gesch. d. griech. Alpha-
betes, Berlin 1867, benützte Kirchhoff einen Abklatsch; in der dritten
Auflage seines Werkes, Berlin 1877, änderte er seine Auffassung mit
Ausnahme der einen unten zu erwähnenden Stelle nur unbedeutend.

[2] Z. 19 u. 43. Vergl. für erstere die folgende Anmerkung, die andere
Stelle lautet: ὃς ἂν ταῦτα [παρ]αβαίνῃ κατ' ὅ,περ τὰ ὅρκια ἔτα[μον] καὶ ὡς
γέγραπτ|αι ἐν τῷ Ἀπολλ[ωνί]ῳ ἐπικαλεῖν.

[3] Z. 16 "Ην δ[έ τι]ς θέλη δικάξ[ε]'σθαι περὶ γῆ[ς ἢ] οἰκίων ἐπικαλ[εί] τω ἐν
ὀκτωκα[ίδε]κα μησὶν ἀπ'ὅτ[ου]|[ὁ] ἄδος ἐγένε[το], νόμῳ δὲ κατά π[ε]|ρ νῦν ὅρκῳ
σ[....]κδικαστὰς, ὅτ|αν οἱ μνήμο[νες] ἰδέωσιν τοῦτο| καρτερὸν εἶναι.

[4] Z. 22 [ἦν] δέ τις ὕστερον ἐπικάλη τού[του] τοῦ χρόνου τῶν| ὀκτωκαίδεκα [μη]νῶν
ὅρκον εἶναι τ|ῷ νεμομένῳ [τ]ὴν γῆν ἢ τὰ οἰκ[ί]|α. ὅρκον δὲ τ[οὺς] δικαστὰς
ἡμί|[η]κτον δεξαμ[ένου]ς . τὸν δὲ ὅρκον εἶ|[ν]αι παρεόντος[τοῦ ἐ]νεστηκότος.

falls sie dieselben später nicht verkauft hätten.[1] Dies kann nichts anderes bezwecken als eine Annulirung von Amtshandlungen der genannten Mnemonen, die nach dem älteren Vertrage vorgenommen waren, zu verhindern. Der negative Theil der Bestimmungen geht dahin, dass die Mnemonen den Mnemonen weder Land noch Häuser übergeben sollten, während Apollonides, des Lygdamis Sohn, und Panyames, des Kasbollios Sohn, Mnemonen seien, und zwei andere Genannte in Salmakis dies Amt bekleideten.[2] Combinirt man dies mit der oben erschlossenen Formulirung des ersten Vertrages, wie man dies muss, so ergibt sich, dass durch unser Rechtsinstrument ein Gerichtshof auf achtzehn Monate mit der Regelung der Besitzverhältnisse in derselben Weise, wie dies bisher durch die Mnemonen geschehen war, betraut wird, der nach achtzehn Monaten aber nach einem anderen Grundsatze zu erkennen hatte.

Diese negative Bestimmung lässt uns aber auch die Contrahenten des Vertrages erkennen. Z. 10. ἐπὶ Ἀπολω|νίδεω τοῦ Λυ[γδά]μιος μνημον[ε]|ύοντος καὶ [Πα]ναμύω τοῦ Κασβώ|λλιος καὶ Σ[αλ]μακι τέων μνη μονευόντω[ν Ἡ]ρμίωνος τοῦ Π[α]|νυάτιος. Da je zwei und zwei dieser Mnemonen genannt sind, die beiden Letzteren ausdrücklich für Salmakis, so sind die beiden Anderen naturgemäss für Halikarnass anzunehmen. Dies bestätigt der Kopf des Documentes in erwünschtester Weise. Z. 5 ἐ]πὶ Λέοντος πρυταν[εύον]το[ς τ]οῦ Οατάτιος κα[ὶ ἐν] Σα[λμακί]δ[ι τοῦ δεῖνα. Die beiden genannten Gemeinwesen also sind die Parteien, dem entspricht vollkommen, wenn in unserem Exemplar (der Fassung für Halikarnass) in der Prohibitivbestimmung gegen Annullirung der bisherigen Entscheidungen nur die Mnemonen von Halikarnass genannt sind und es in der Strafandrohung für die zuwider Handelnden am Schlusse nur heisst: Z. 39 μη|δαμὰ κάθοδον [εἶν]αι ἐς Ἁλικάρν|ησσον, und ebenso ist es natürlich, dass bei dem Prytanen sowohl als bei den Mnemonen von Salmakis diese

---

[1] Z. 28 κ|αρτεροὺς δὲ εἶναι γ[ῆς κ]αὶ οἰκίων οἵτινες|τότ' εἶχον, ὅτε Ἀ[πο]λωνίδης καὶ Πανα|μύης ἐμνημό[νευ]ον, εἰ μὴ ὕστερο|ν ἀπεπέρασαν [τὸν] νόμον τοῦτον|.

[2] Z. 8 μ[νή]μονας μὴ παρ[α]|διδό[ναι] μή[τε] γῆν μήτε οἰκ[ί|α] τοῖς μνήμ[οσ]ιν ἐπὶ Ἀπολω|νίδεω τοῦ Λυ[γδά]μιος μνημονε|ύοντος καὶ [Πα]ναμύω τοῦ Κασβώ|λ-λιος καὶ Σα[λ]μακιτέων μνη|μονευόντω[ν Μ]εγαβάτεω τοῦ Ἀ|φυάσιος κα[ὶ 'Η?]ρ-μίωνος τοῦ Π[α]|νυάτιος.

ihre Zugehörigkeit ausdrücklich vermerkt ist; für Halikarnass brauchte man dies bei der eigenen Behörde nicht zu thun.

Dem gegenüber kann ich Kirchhoff's Ansicht, Lygdamis erscheine, wie er aus der Eingangsformel schliesst, als Contrahent, unmöglich für richtig halten, mag derselbe immerhin nachstehen und mit καὶ den beiden Gemeinden coordinirt erscheinen. Die Berufung auf die Decrete von Mylasa [1] scheint mir nichts zu beweisen; denn obwohl der zweite Mausollos Satrap ist, beschliessen eben doch die Mylasier, und der ganze Unterschied ist der, dass er einmal ausdrücklich als Satrap bezeichnet ist und voransteht. Ob Lygdamis sich an der Spitze der Urkunde mit Λυγδάμιος ἐξαιθραπεύοντος einführen musste, wage ich nicht zu entscheiden; aber das zeigen die angeführten Decrete, dass trotzdem er Tyrann war, Salmakis und Halikarnass einen Vertrag schliessen konnten. Damit fällt aber schon ein guter Theil der Folgerungen Kirchhoff's für die Geschichte von Halikarnass, und man ist so noch der schlimmen Combination überhoben, die Kirchhoff zu machen sich genöthigt sah, nämlich trotzdem Suidas ausdrücklich sagt, Lygdamis sei von Herodot vertrieben worden, anzunehmen, er sei nach der Rückkehr dieser Schaar Verbannter irgendwie in der Herrschaft verblieben. Für die ganze Interpretation war Kirchhoff's ursprüngliche, jetzt von ihm selber aufgegebene Conjectur ἀπ' ὅτου ἡ κάθοδος ἐγένετο anstatt des von Bergk [2] richtig erkannten ἀπ' ὅτου ὁ ἄδος ἐγένετο verhängnissvoll gewesen.

Der Suidasartikel erhält also, weil die Urkunde unter des Lygdamis Herrschaft abgefasst ist, keine Bestätigung. Aus gleich zu erwägenden Gründen hatten Besitzstreitigkeiten zwischen beiden Gemeinden stattgefunden, die so beigelegt werden sollten. Und Panyasis und Herodot? Für deren Verhältniss ergibt sich eben auch nichts, wir hören von einem Panyasis in Salmakis ebenso wie von einem Lygdamis (nicht dem Tyrannen, vielleicht aus dessen Familie) in Halikarnass. Kirchhoff hatte gemeint in den gestörten Besitzverhältnissen eben die Folge politischer Streitigkeiten sehen zu müssen, er nimmt an, dass der eigentliche Vertrag Bestimmungen ent-

---

[1] C. J. G. vol. II. 2691. c. d. e.
[2] Jahrb. f. kl. Phil. 1873. p. 37. Vergl. S. 405, Anm. 1.

halten habe, welche den beiden Gemeinden ihre Autonomie, den Anhängern des Tyrannen Amnestie zusicherten, und Lygdamis in unserer Urkunde als Vertreter eben der Interessen dieser seiner Partei erscheine. Der Ausdruck καὶ Λύγδαμις in diesem Sinne von den autonomen Gemeinden gebraucht, erscheint mir sehr unwahrscheinlich. Ich glaube gezeigt zu haben, dass es eben mangelhafte Verfügungen des ersten Vertrages waren, welche den Erlass dieses Decretes zur Folge hatten; wie soll man sich denken, dass diese Abhilfe geschafft wird? War bei den Gebietsregelungen die Partei des ˌLygdamis im Nachtheil, woher die neuen Concessionen an den jüngst vertriebenen Tyrannen? Dass aber die demokratische Partei im Nachtheile gewesen wäre, ist noch weniger einzusehen. Man müsste also mit Kirchhoff annehmen, dass Lygdamis sich nach der Rückkehr jener Verbannten noch einen ziemlichen Einfluss bewahrte, also unmöglich vertrieben worden sein kann. Unter dieser, wie mir scheint, einzig zulässigen Voraussetzung haben wir aber nur wieder einen Beweis mehr für die Mangelhaftigkeit unserer Suidasüberlieferung, deren Angaben mit der Inschrift also gewiss nicht combinirt werden dürfen, wohl aber als im Gegensatze zu derselben stehend zu verwerfen sind. Die Autorität der Ueberlieferung über Herodot's Leben ist also auch eine sehr unzuverlässige bezüglich der Geschichte von Halikarnass, mit der sie unseren Autor, weil er eben aus dieser Stadt stammte, in Verbindung zu bringen nicht Anstand nahm.

Diese Tradition erweist sich aber noch in einer Hinsicht als beeinflusst von der gelehrten Thätigkeit der Alexandriner, die eben, weil sie Sicheres nicht wusste, frischweg combinirte und rieth. Nach Samos wird Herodot vertrieben und von Samos aus vertreibt er Lygdamis. Das war der kühne Griff, mit dem man eine Schwierigkeit löste, die sich in Herodot's Leben ergab. Das wusste man recht gut, dass man in Halikarnass eine dorische [1] Gründung zu sehen hatte; man hatte also alles Recht, Herodot als ,Δωριέων βλαστόντ' ἄπο‘ zu bezeichnen; aber nun hatte er im ionischen Dialect geschrieben Ἰάδος

---

[1] Da brauchte man nur Herodot selber zu lesen: VII. 99 τῶν δὲ κατέλεξα πολίων ἡγεμονεύειν αὐτήν, τὸ ἔθνος ἀποφαίνω πᾶν ἐὸν Δωρικόν, Ἁλικαρνασσέας μὲν Τροιζηνίους, τοὺς δὲ ἄλλους Ἐπιδαυρίους.

ἀρχαίης ἱστορίης πρύτανιν, den musste er doch irgendwo gelernt haben; er fand also auf Samos eine zweite Heimat; eine Notiz aber, die ihn von da aus nach Halikarnass zurückkehren lässt, verdient auch um dieses Grundes willen keinen Glauben. Dass man noch weiter ging und auf Samos sein ganzes Werk entstanden sein liess,[1] braucht uns nicht zu wundern. Wir sind so glücklich zu wissen, dass Halikarnass in seinen officiellen Actenstücken den ionischen Dialect anwendete (die oben besprochene Urkunde) und können daher immerhin, gern auf diese Auskunft verzichtend, zugeben, dass Herodot bei seinen Reisen sich auch auf Samos aufhielt, von dessen Monumenten er ja berichtet (III. 60) und dessen Geschichte er eine bemerkenswerthe Aufmerksamkeit schenkt.[2] Wir dürfen also füglich die Angaben des Suidasartikels mit der Grabschrift auf eine Linie der Unzuverlässigkeit stellen, da sie sich uns als Producte derselben Officin gezeigt haben.

Ebendahin führt uns noch die Betrachtung eines anderen Theiles der Ueberlieferung über Herodot. Hier haben wir es allerdings mit den Studien höchst achtungswerther Gelehrter zu thun, die aber auch nur wieder zeigen mit welch' unzureichendem Material sie arbeiten mussten, so dass sie zu schematischen Ansetzungen ihre Zuflucht nahmen. Es war für die geschichtskundige Zeit ein Bedürfniss um den bekannten Verlauf der historischen Ereignisse in festgestellter chronologischer Ordnung alles sonst Wissenswerthe möglichst übersichtlich gruppirt zu sehen. Dies zu thun war das Bestreben des Chronologen Eratosthenes und Apollodors, der des ersteren

---

[1] Suid. lex. s. v. Ἡρόδοτος, der ihn auf Samos ionisch lernen und seine Geschichte schreiben lässt. Vergl. unten.

[2] Ich glaube deshalb die ganze Geschichte von Herodot's längerem Exil auf Samos nicht; er war auf Samos, wie er in Aegypten war oder in Libyen oder in Asien als Reisender, er spricht mindestens ganz eben so über die samischen Bauwerke, wie er von den ägyptischen sich vernehmen lässt. III. 60 ἐμήκυνα δὲ περὶ Σαμίων μᾶλλον, ὅτι σφι τρία ἐστὶ μέγιστα ἁπάντων Ἑλλήνων ἐξεργασμένα.... II. 35 ἔρχομαι δὲ περὶ Αἰγύπτου μηκυνέων τὸν λόγον, ὅτι πλέω θωμάσια ἔχει ἢ ἄλλη πᾶσα χώρη.... Die Vorliebe für Samos, die man als Dankbarkeit des Autors gegen seine Gastfreunde aufzufassen geneigt ist, erklärt sich aus der Benützung samischer Quellen genügend. (Vergl. d. Verf. Schrift S. 86 f.)

Ansätze populär machte, daher sie uns noch heute erkennbar
sind. Da genaue Quellen nicht vorlagen, so setzte man bei
jedem Dichter, Philosophen oder Historiker eine Zeit des
höchsten geistigen Schaffens, die ἀκμή an, die man auf das
gereifte Mannesalter, etwa das vierzigste Lebensjahr fixirte,
von da war die Geburt und sonstige Daten zu berechnen. Man
brauchte aber auch nur ein denkwürdiges Ereigniss, eine bedeutende Bethätigung eines Schriftstellers auf literarischem
Gebiete nach dem Jahre zu wissen, um in dasselbe seine ἀκμή
zu setzen, und so legte sich dann alles zurecht. Es ist nun
gerade für unseren Herodot das Verdienst Diels[1] gezeigt zu
haben, dass die Ansätze über Alter und Geburtsjahr des
Herodot, Thukydides und Hellanikos, wie wir sie besitzen,
auf dieses Schema Apollodors zurückgehen. Dieselben sind
erhalten bei Dionysios von Halikarnass,[2] der Herodot kurz vor
der Epoche des Xerxeszuges geboren sein lässt, allgemein
stimmt dazu Diodor,[3] der sagt: κατὰ Ξέρξην γεγονὼς τοῖς χρόνοις;
demselben Ansatz folgt Eusebios,[4] wenn er zu Ol. 78. 1 bemerkt: Ἡρόδοτος ἐγνωρίζετο, (er wäre also sechzehn Jahre alt
gewesen), seinen grossen Erfolg in Athen berichtet derselbe
Gewährsmann Ol. 83. 3. Am ausführlichsten sind uns und am
genauesten zugleich die Ansätze Apollodor's erhalten in den
Angaben der Pamphila,[5] die Herodot beim Ausbruche des
peloponnesischen Krieges dreiundfünfzig Jahre alt sein lässt,
also seine Geburt in das Jahr 484 verlegt. Dies ergibt seine
Akme 444, und diese knüpft sich ganz vortrefflich an das
Epochenjahr der Besiedelung von Thurioi, an der Herodot ja

---

[1] Diels im neuen rh. Mus. Bd. 31. S. 47 f.

[2] Dionys. Hal. jud. de Thuc. l. c. ὁ δ' Ἁλικαρνασσεὺς Ἡρόδοτος γενόμενος
ὀλίγῳ πρότερον τῶν Περσικῶν . . .

[3] II. 32 Ἡρόδοτος μὲν οὖν κατὰ Ξέρξην γεγονὼς τοῖς χρόνοις . . .

[4] Die arm. Uebersetzung setzt dies Ol. 78. 2. Vergl. Schöne: Eusebi
chron. can. vol. II.

[5] Bei Gellius noct. Att. XV. 35. Hellanicus, Herodotus, Thucydides, historiae scriptores in isdem fere temporibus laude ingenti floruerunt et non
nimis longe distantibus fuerunt aetatibus nam Hellanicus initio belli
Peloponnesiaci fuisse quinque et sexaginta annos natus videtur, Herodotus
tres et quinquaginta, Thucydides quadraginta. Scriptum est hoc in libro
undecimo Pamphilae.

Theil nahm, damals nach des Eusebios Notiz eben von den Athenern mit einem reichen Geldgeschenke geehrt. Dies mag wohl den Alexandrinern bekannt gewesen sein (die schlechter Unterrichteten derselben, die Suidas benützt hat, wussten davon nichts, wie oben gezeigt wurde) und eben daraus die Chronologie des Lebens unseres Autors berechnet worden sein. Plinius[1] endlich folgt derselben Ansicht, wenn er Herodot im 310. Jahre der Stadt den Anfang seiner Geschichte in Thurioi schreiben lässt.

Aber auch Panyasis und Herodot sind um ihres gegenseitigen Verhältnisses willen in den chronologischen Tabellen der Alexandriner in die richtige Entfernung gebracht; Ol. 72. 4 sagt Eusebius: Πανύασις ποιητὴς ἐγνωρίζετο. Herodot's Bekanntwerden fällt nach demselben Gewährsmann, wie wir sahen, Ol. 78. 1, wir haben also eine Altersdifferenz von genau der Hälfte jener in den Tabellen viel verwendeten Zahl vierzig. So entsprachen sich die Chronologie und das Verwandtschaftsverhältniss von Panyasis und Herodot vollständig; wenn aber Eratosthenes und Apollodor, auf die auch diese chronologische Angabe zurückgehen wird, zu derartig schematischer Berechnung ihre Zuflucht nehmen mussten, was sollten dann den Verfassern der ausführlichen Herodotvita für bessere Quellen für ihr Machwerk zu Gebote gestanden haben?

Immer und immer wieder waren wir in den bisherigen Betrachtungen der gelehrten und ungelehrten Arbeit der Alexandriner auf die Spur gekommen; diese Beschäftigung mit Herodot ihrerseits ist aber auch ausdrücklich bezeugt. Ich hatte oben gesagt, dass man in Alexandreia Herodot in neun Bücher gewaltsam genug getheilt hatte; dass man ebenda mit dieser Eintheilung operirte, bezeugt Porphyrios.[2] Das erste scheint den Titel geführt zu haben, unter welchem es noch Pausanias[3] kennt λόγος ὁ εἰς Κροῖσον, das zweite hiess Αἰγυπτιακὴ

---

[1] Plin. hist. nat. XII. 4. 18 ed. Sillig p. 334.

[2] Porphyrios quaest. Homer. in der Sammlung Homeri interpretes Argentor. 1539 p. 18 und 19: ἐν τῇ πρώτῃ Ἡρόδοτος τῶν ἱστοριῶν περὶ Κροίσου τοῦ Λυδοῦ πολλά τε ἄλλα διείλεκται ... ἐπὶ τέλει τῆς Αἰγυπτιακῆς βίβλου, ἥτις ἐστὶ δευτέρα τῇ τάξει. Dies citirt Porphyrios nach Alexander von Kotyaion und ersteres nach Philemon. Vergl. über diese das unten Gesagte.

[3] Pausanias citirt nie nach den neun Büchern, wohl aber Paus. III. 2. 3 ed. Schubart p. 195 ‚λόγος ὁ εἰς Κροῖσον'.

βίβλος. Nachdem die Neunzahl zur Vulgata geworden, als welche sie schon Diodor kennt,[1] konnte man erst die Namen der neun Musen auf dieselben vertheilen, was aber noch vor Lukian[2] und der Abfassung eines Epigrammes der palatinischen Anthologie geschah.[3] Dieselbe eben angeführte Stelle, aus der das Vorhandensein der uns geläufigen Eintheilung bei den alexandrinischen Grammatikern erschlossen werden musste, gibt uns aber auch einen Anhaltspunkt über die Art, wie Herodot studirt ward, so dass wir abermals eine erwünschte Bestätigung für die früher ausgesprochene Textänderung des Proömium erhalten. — Porphyrios[4] citirt das Buch eines Philemon: σύμμικτα περὶ Ἡροδοτείου διορθώματος und einen Gewährsmann Alexander von Kotyaion in Phrygien, der als διορθωτής bezeichnet wird. Der Dialect, dessen Eigenthümlichkeit den Verfasser der Grabschrift zu seinem Erklärungsversuche veranlasst hatte, und die handschriftliche Ueberlieferung wird durch die Vergleichung des Sprachgebrauches festgestellt. Bei Suidas[5] haben wir überdiess die Angaben, dass ein Sophist Salustios und ein attischer Rhetor Heron sich in seinen ὑπομνήματα mit Herodot beschäftigt habe. Apollonios[6] schrieb: ἐξηγήσεις γλωσσῶν Ἡροδότου, erhalten sind uns von derartigen Arbeiten nur die Ἡροδότου λέξεις, welche Gaisford[7] abgedruckt hat.[8]

---

[1] Diod. Biblioth. XI. 37. 6 Ἡρόδοτος ἀρξάμενος πρὸ τῶν Τροικῶν χρόνων γέγραφε κοινὰς σχεδὸν τὰς τῆς οἰκουμένης πράξεις ἐν βιβλίοις ἐννέα.

[2] Er lässt nach der fingirten Vorlesung in Olympia dieselben nach den neun Musen benannt werden. Lucian. Herod. siv. Aëtion. c. 1. vol. IV. p. 117 ed. Bipont. u. quom. histor. sit conscrib. c. 42. vol. IV. p. 205.

[3] Anthol. pal. IX. 160 ed. Jacobs Bd. IV. p. 54, Bd. II. p. 32. d. Ausgabe v. Dübner.

[4] Porphyrios quaest. Hom. a. a. O.

[5] Suid. lexic. s. v. Σαλούστιος ed. Bernh. II. 2. p. 656. Σαλούστιος σοφιστής · ἔγραψεν εἰς Δημοσθένην καὶ Ἡρόδοτον ὑπόμνημα · καὶ ἄλλα. Id. s. v. Ἥρων, I. 2. p. 899 Ἥρων, Κότυος, Ἀθηναῖος, ῥήτωρ τὰς ἐν Ἀθήνησιν δίκας γεγραφώς · εἶτα ... ὑπομνήματα εἰς Ἡρόδοτον, Ξενοφῶντα, Θουκυδίδην.

[6] Etymol. magn. s. v. κωφός ed. Sylburg. p. 500. οὕτως Ἀπολλώνιος ἐν ταῖς γλώσσαις Ἡροδότου, s. v. σοφιστής p. 654/5 οὕτως Ἀπολλώνιος ἐν ἐξηγήσει τῶν Ἡροδότου γλωσσῶν.

[7] Herodoti Hal. hist. lib. IX. ed. Th. Gaisford. Lips. 1826. vol. IV. p. 334 sqq.

[8] Vergl. im Allgemeinen Herodoti historiae ed. C. Abicht Lips. 1869. vol. I. De Her. vita et scriptis commentatio p. XXI. sqq.

Wir haben nun des Autors Lebensschicksale bis zu seiner Uebersiedelung nach Thurioi betrachtet, welche zu der unrichtigen Anschauung geführt hatte, Herodot sei ein Thurier gewesen: sie hatte aber auch für den Schluss der sagenhaften Biographie herhalten müssen, und der Dichter der Grabschrift liess unseren Autor daselbst auf dem Markte begraben sein. Man dachte, ferne von der Heimat, in der man unseren Autor so sehr beneidet hatte, habe er als verkannter Patriot, zurückgezogen von allem politischen Treiben, schriftstellernd sein Ende gefunden. Dasselbe besagte ein Theil der Quellen des Suidas [1] und auch Plinius (a. a. O.) scheint der gleichen Ansicht gehuldigt zu haben. Nach diesem Orte verlegten denn diejenigen, welche dieser Tradition folgten, auch die Abfassung der neun Bücher, eine andere Herodotvita behauptete aber, dies sei auf Samos geschehen, der betreffende Passus derselben ist bei Suidas [2] allein enthalten, Lukian [3] scheint wieder einer anderen Ansicht gefolgt zu sein, da er von Karien herkommend den Autor das fertige Werk mitbringen und in Olympia vorlesen lässt. So hatte denn diese Biographie die Zeit des Ferneseins von Halikarnass als Herodot angeblich von Lygdamis vertrieben auf Samos die beliebte ‚zweite Heimat' gefunden hatte, nützlich für die Nachwelt auszufüllen gewusst, und man wusste auch woher des Herodot ionischer Dialect kam. Dass diese beiden Viten sich ausschliessen, hat den Versuch beides als Thatsachen zu combiniren nicht verhindern können. Wie wenig bei all diesen Erfindungen und Schlussfolgerungen das Werk selber zu Rathe gezogen wurde, zeigt der Umstand, dass von einer abermaligen Anwesenheit Herodot's in Athen nach 432, wie aus V. 77 hervorgeht, nichts berichtet wird, sowie dass die Unmöglichkeit beider Angaben für den Ort der Entstehung nicht auffiel; dies lässt das Studium des Werkes als ein höchst oberflächliches von Seite der betreffenden Gewährsmänner erscheinen.

---

[1] Suid. s. v. Herodot: εἰς τὸ Θούριον ἀποικιζόμενον ὑπ' Ἀθηναίων ἐθελοντὴς ἦλθε · κἀκεῖ τελευτήσας ἐπὶ τῆς ἀγορᾶς τέθαπται.

[2] ibid. ἐν οὖν τῇ Σάμῳ καὶ τὴν Ἰάδα ἠσκήθη διάλεκτον καὶ ἔγραψεν ἱστορίαν ἐν βιβλίοις θ', ...

[3] Her. sive Aetion. a. a. O.

Aber noch nicht genug; über Herodot's Tod gab es noch andere Nachrichten, die auch bei Suidas [1] erhalten sind: Herodot soll am makedonischen Hofe zu Pella gestorben sein. Diels [2] hat gezeigt, dass durch die Art der Anlage der chronologischen Listen es geschah, dass der Todesort des Thukydides und Hellanikos verwechselt wurde, welche beide Autoren ja mit Herodot in der chronologischen Berechnung der Alexandriner verbunden waren, wie oben gesagt wurde. So kam es zu der unsinnigen Behauptung, Thukydides sei in Parparon, dem notorischen Todesorte des Hellanikos, gestorben. Wilamowitz hat nun diese gewiss richtige Beobachtung noch weiter ausdehnen zu dürfen geglaubt. Da er beweisen zu können meint, Thukydides sei in Pella gestorben, so sieht er sich genöthigt anzunehmen, dass eine Verwechslung auch für diesen mit Herodot anzunehmen sei. Der Zufall müsste in der That ziemlich sonderbar gewesen sein, aber möglich wäre dies immerhin. Allein die ganze Hypothese fällt mit der Unzulässigkeit der versuchten Nachweisung, Thukydides sei am makedonischen Hofe gestorben. Wilamowitz macht dafür Einiges geltend, er selbst gibt zu, [3] dass keiner der aufgeführten Beweise schlagend war, meint aber doch sehr wahrscheinlich gemacht zu haben, ‚dass im Alterthum eine von Praxiphanes ausgehende Ueberlieferung bestanden hat, nach der Thukydides an Archelaos Hofe gelebt hat und gestorben ist‘. Diese Tradition hält Wilamowitz für ‚noch sicherer wahr als praxiphaneisch‘. Und als Grund wird die rühmende Erwähnung der Thätigkeit des Archelaos in Makedonien angeführt. Ich möchte von dem letzteren ausgehend zu bedenken geben, dass man dasselbe für die Tradition bei Suidas, einige hätten von Herodot's Tod in Pella berichtet, geltend machen könnte, ohne dass man diese deswegen für wahr halten müsste. Herodot [4] bringt mit grosser Emphase an zwei Stellen, deren erste ich auch für einen späteren Zusatz halte, Gründe vor zu Gunsten der hellenischen Abstammung des makedonischen Königshauses, an der einen

---

[1] Suid. lex. s. v. Ἡρόδοτος: τινὲς δ' ἐν Πέλλῃ αὐτόν τελευτῆσαί φασι und s. v. Ἑλλάνιχος. Vergl. darüber unten.

[2] N. rh. Mus. a. a. O.

[3] A. a. O. S. 359.

[4] Herod. V. 22. VIII. 137.

den ganzen Stammbaum, an der anderen führt er als Beweis
ihre Theilnahme an den olympischen Spielen an. Aber auch
die Combination von Wilamowitz, auf deren gute Methode und
richtigen Geschmack ausdrücklich aufmerksam gemacht wird,[1]
halte ich für unrichtig. Ich gebe gerne die Möglichkeit zu,
dass der verworrene Satz[2] des Markellinos, richtig gedeutet
ist, und dass Praxiphanes den Thukydides und jene fünf
‚Dichter unter Archelaos angesetzt hat‘; aber das eine ergibt
sich aus Markellinos, trotz des ‚stümperhaften Scribenten‘, dass
von dem Tode des Thukydides gerade Praxiphanes nicht berichtet hat, denn nachdem die Stelle des letzteren ausgeschrieben
ist, fährt der Biograph fort: Οἱ μὲν οὖν αὐτὸν ἐκεῖ λέγουσιν
ἀποθανεῖν ἔνθα καὶ διέτριβε φυγὰς ὤν, er folgt also einer anderen
Vorlage, damit fällt diese angeblich praxiphaneische Nachricht
und tritt zu der grossen Zahl der mit Recht von Wilamowitz
discreditirten legendenhaften Angaben, freilich auch das positive
Resultat, das für die Thukydidesvita gewonnen zu sein schien,
und wir werden uns auch hier bescheiden müssen nichts zu
wissen, und auch diese Negation den anderen glänzenden, auch
nur negative Resultate ergebenden Ausführungen von Wilamowitz
anfügen. Für die Annahme einer Verwechselung von Thukydides und Herodot's Todesort scheint mir also kein Grund
vorzuliegen. Ich halte allerdings für möglich jedenfalls aber
nicht für sicher,[3] dass Herodot in Athen gestorben sei, und
gestehe eben über seinen Tod ebenso wenig zu wissen, wie
über den des Thukydides. Des Letzteren Aufenthalt am Hofe
des makedonischen Königes ist ja immerhin wahrscheinlich,
wenngleich die Menge der an den makedonischen Hof gezau-
berten Literaten mich bedenklich macht. Mag die Stelle bei
Suidas[4] unter Hellanikos noch so verworren sein, das besagt

---

[1] A. a. O. S. 361.

[2] Marc. vit. Thuc. 29 ed. Krüger p. 189 συνεχρόνισε δ' ὡς φησὶ Πραξιφάνης
ἐν τῷ περὶ ἱστορίας, Πλάτωνι τῷ κωμικῷ, Ἀγάθωνι τραγικῷ, Νικηράτῳ ἐποποιῷ
καὶ Χοιρίλῳ καὶ Μελανιππίδη · καὶ ἐπεὶ μὲν ἔζη Ἀρχέλαος, ἄδοξος ἦν ὡς ἐπὶ
πλεῖστον, ὡς αὐτὸς Πραξιφάνης δηλοῖ, ὕστερον δὲ δαιμονίως ἐθαυμάσθη.

[3] Wie dies Wil. a. a. O. S. 359 ausspricht: ‚Herodotos ist in Wahrheit in
Athen gestorben, wahrscheinlich an der Pest‘.

[4] Suid. lex. s. v. Ἑλλάνικος ed. Bernh. I. 2. p. 169 διέτριψε δὲ Ἑλλάνικος
σὺν Ἡροδότῳ παρὰ Ἀμύντᾳ τῷ Μακεδόνων βασιλεῖ, κατὰ τοὺς χρόνους Εὐρι-
πίδου καὶ Σοφοκλέους. . . . ἐξέτεινε δὲ καὶ μέχρι τῶν Περδίκκου χρόνων . . .

sie eben so sicher, wie die oben erwähnte des Markellinos, dass es eine Tradition gab, die Herodot am Hofe des Königes zu Pella lebend sich dachte, die schliesslich zu desselben Tod an diesem Orte aufgebauscht wurde; und auch noch ein anderes, glaube ich, kann man aus beiden Stellen entnehmen. Der Synchronismus ist nämlich der Grund der gemeinschaftlichen Erwähnung. Derselbe wird an letzterem Orte dadurch betont, dass ausdrücklich bemerkt wird, auch auf des Perdikkas Regierung habe sich des Hellanikos Aufenthalt erstreckt. Der Charakter dieser Nachricht, so weit sie sich auf Hellanikos bezieht, ist allerdings ein anderer als derjenige der Notiz des Markellinos, es heisst dort συνεχρόνισε und die ausdrückliche Erwähnung des Komikers, Tragikers und Epikers zeigt, dass für die ganze Angabe, entsprechend dem Zwecke des Buches περὶ ἱστορίας, ein literarisches Interesse massgebend war, von da bis zum apollodorischen Synchronismus ist jedoch so sehr weit nicht, wie der Schritt beweist, der für Herodot in dem Suidasartikel Hellanikos gemacht ist. Ob Markellinos Quelle in dieser Absicht ihre Nachricht gibt, ist bei der schlechten Erhaltung nicht ersichtlich, aber dass man auch die makedonische Königsreihe zur Anknüpfung literarischer Daten benützte, beweist einerseits die Menge der an ihren Hof gebrachten Autoren (so bildete sich nämlich der blosse Synchronismus um) und andererseits die Thatsache, dass bei einigen dies fälschlich behauptet wird. In makedonischer Zeit mag man dies gerne gehört haben, aber glaublich erscheinen die Nachrichten darum nicht, wenn sie nicht sonst ausdrücklich bestätigt erscheinen.

Nach dieser Abschweifung, in die Thukydides mit einbezogen werden musste, kehren wir zurück, um noch eine Version der Herodotlegende, über den Tod ihres Helden zu berühren. Markellinos [1] Quellen berichteten auch von einem Grabe Herodot's und Thukydides vor dem melitischen Thore, nahe den Gräbern der kimonischen Familie. Hierin stimme

---

[1] Marc. vit. Thuc. 17 p. 187 ed. Krüger πρὸς γὰρ ταῖς Μελιτίσι πύλαις καλουμέναις ἐστὶν ἐν Κοίλῃ τὰ καλούμενα Κιμώνια μνήματα, ἔνθα δείχνυται Ἡροδότου καὶ Θουκυδίδου τάφος · Daraus soll man ersehen, dass Thukydides zur Familie Kimons gehört, καὶ Πολέμων δὲ ἐν τῷ περὶ ἀκροπόλεως τούτοις μαρτυρεῖ.

ich den Ausführungen von Wilamowitz [1] um so lieber bei, als
ich früher den Resultaten desselben entgegentreten musste,
dass wir es mit einer auf Polemon περὶ ἀκροπόλεως zurück-
gehenden Tradition zu thun haben, der in einem Excurse auf
die Gräber der beiden Autoren zu sprechen kam. Ich sehe
darin eine Bestätigung meiner früheren Auseinandersetzungen;
erst nachdem das Mährchen von dem Thurier Herodot seine
allgemeine Giltigkeit verloren hatte, nachdem seine halikar-
nassische Herkunft allgemeiner feststand, konnte Athen mit
dem Anspruch auftreten, ihm einen letzten Ruheort gegeben
zu haben und ihm ein Kenotaph neben Thukydides errichten;
damit hatte das literarisch beobachtete Verhältniss beider
Autoren nun in den Augen der Welt eine monumentale Be-
glaubigung erhalten.

Noch ein Schluss, der früher gezogen werden musste, erhält damit seine Bestätigung, dass nämlich eine solche Unsicher-
heit der Tradition nur erklärt werden kann durch die oben
behauptete Thatsache, dass Herodot und sein Werk den Zeitgenossen entrückt wurde. So konnte es geschehen, dass schon
früh Thurioi, wohin der Autor mit der von Athen entsen-
deten Colonie gekommen war, mit dem Anspruch auftrat ihm
ein Asyl gewährt zu haben und seine Leiche zu besitzen, so
dass der Autor als Thurier proclamirt werden konnte. Dann
folgte Athen, wie uns der allein verlässliche Zeuge, das Werk
selber, heute bestätigt mit der besten Begründung: die dank-
bareren Epigonen errichteten dem grossen Vorfahren ein Grabmal
an der Seite des Schriftstellers, der mit vornehmer Gering-
schätzung über den ‚Logographen‘ hinweggegangen war. Syn-
chronistische Ansetzungen, wie ich für wahrscheinlich halte,
gaben zu der Version Anlass, Herodot sei in Pella gestorben
und dort begraben, und dem literarischen Streite über das
Grab unseres Autors entstammt die Grabschrift, die uns Stephanos aufbewahrt hat.

Andere Nachrichten aus Herodot's Leben glaubt man
schon lange nicht mehr, sie mögen hier der Vollständigkeit
jener gelehrten Tradition wegen Platz finden. Es ist das Geschichtchen von Herodot's Vorlesung im Hause des Oloros in

---

[1] A. a. O. S. 339 f.

Athen, den Thränen des begeisterten Knaben Thukydides und dem prophetischen Blick Herodot's für dessen literarische Befähigung, von dem uns Markellinos in der kürzeren Vita und Suidas [1] zu berichten wissen. Auch dem Ptolemaios Chennos [2] glaubt Niemand mehr, dass nicht Herodot selber, sondern sein Liebling und Erbe, der thessalische Hymnendichter Plesirrhoos das Proömium des Werkes geschrieben und die Edition des Ganzen, wie man denken sollte, besorgt habe. Die Erfindung Lukians von einer Vorlesung unseres Autors in Olympia hat bereits Dahlmann [3] angegriffen und Schöll [4] endgiltig als solche erwiesen.

Es bleiben also noch einige wenige Nachrichten, die, wie ich glaube, allein zuverlässig sind, Herodot's Vorlesung in Athen 445/4, unabhängig von einander bezeugt von Eusebios und seinen Uebersetzern und durch Diyllos bei Plutarch, der die, wie mir scheint, freilich zu hohe Summe von zehn Talenten als von dem Volke zuerkannte Belohnung für dieselbe angibt, was an der Ueberlieferung der Zahl liegt; die Nachricht ist sonst actenmässig authentisch und setzt directe oder indirecte Bekanntschaft mit dem betreffenden Psephisma voraus. Auch an der Angabe eines während des Aufenthaltes sich entwickelnden näheren Verhältnisses mit Sophokles ist kein Grund zu zweifeln, da beider Werke davon Zeugniss ablegen. Was Herodot in Athen vorlas, ist streitig, ich habe mich darüber

---

[1] Marc. vit. Thuc. 34 ed. Krüger p. 194 λέγεται δέ τι καὶ τοιοῦτον, ὥς ποτε τοῦ Ἡροδότου τὰς ἰδίας ἱστορίας ἐπιδεικνυμένου, παρὼν τῇ ἀκροάσει Θουκυδίδης καὶ ἀκούσας ἐδάκρυσεν · ἔπειτά φασι τὸν Ἡρόδοτον τοῦτο θεασάμενον εἰπεῖν αὐτοῦ πρὸς τὸν πατέρα τὸν Ὄλορον · ὦ Ὄλορε, ὀργᾷ ἡ φύσις τοῦ υἱοῦ σου πρὸς μαθήματα. Suidas verlegt die Affaire auf die lukianische Vorlesung in Olympia. Suid. lex. s. v. Θουκυδίδης ed. Berhard. II. 2. 1193. Vergl. Suid. s. v. ὀργᾶν ibid. II. 1. 1148. Vergl. Wilamowitz, a. a. O. S. 331.

[2] Photius bibl. p. 148b, ed. Bekker: καὶ ὥς Πλησίρροος, ὁ Θεσσαλὸς, ὁ ὑμνογράφος, ἐρώμενος γεγονὼς Ἡροδότου καὶ κληρονόμος τῶν αὐτοῦ, οὗτος ποιήσειε τὸ προοίμιον τῆς πρώτης ἱστορίας Ἡροδότου Ἁλικαρνασσέως. Vergl. Hercher: Ueber die Glaubwürdigkeit der neuen Geschichten des Ptol. Chennus. Leipzig 1856. Kirchhoff, Abfassungszeit d. herod. Geschichtswerk. Abhandl. der Berl. Akad. 1868. S. 2.

[3] Herodot aus seinem Buch sein Leben. Forschungen auf dem Gebiete der alten Geschichte. II. 1.

[4] Philologus 1855. Bd. IX. Herodot's Vorlesungen S. 410 f.

an einem anderen Orte ausgesprochen. Ich gehöre zu denen,
die annehmen, es sei die Geschichte des Krieges des Xerxes
gegen Hellas gewesen, und glaube gezeigt zu haben, dass die
Kirchhoff'sche Ansicht von der Abfassung des Herodotischen
Werkes, da sie unrichtig ist, dieser Annahme nicht zu wider-
sprechen vermag. Die Nachrichten von Vorlesungen in anderen
Städten Griechenlands, für Theben (bei Plutarch de Herod.
malign. c. 31 bezeugt), in Korinth (bezeugt von Markellinos
βίος Θουχυδίδου § 27 und Dio Chrysostomos or. XXXVII. 7)
halte ich gleichfalls für richtig und meine, dass nicht Vorgänge
in Halikarnass, wie die alexandrinische Gelehrsamkeit diese
richtige Angabe verdrehte, unseren Autor veranlassten an der
Colonie in Thurioi theilzunehmen. Es war dies vielmehr die üble
Aufnahme desselben in Athen [1] und anderen Städten Griechenlands. Verbot man ihm doch in Theben, mit der Jugend
sich weiter abzugeben! Den Grund dieses Verhaltens sehe ich
aber in der rationalisirenden Richtung der Arbeiten Herodot's
nach seiner ägyptischen Reise, die Athen sich wahrscheinlich
auch nicht hätte gefallen lassen. [2] Diese fällt nach meiner in

---

[1] Wo er seine Αἰγύπτιοι λόγοι schrieb.

[2] Mein Herr Recensent in der Zeitschrift für die österr. Gymnasien. 1878.
4. Heft, wundert sich schon im voraus, dass ich diesen Theil der Ueberlieferung fest halte. Ueber Werth und Unwerth der Suidas-Biographie
habe ich mich oben ausgesprochen. Die Nachricht vom Neide der Mit-
bürger in der Grabschrift und bei Suidas habe ich stets für abhängig
von einander gehalten (wie ich mit diesem Worte auf der letzten Seite
meiner früheren Arbeit dies Verhältniss bezeichnete), Ćwikliński's Polemik
ist also in diesem Punkte, so weit sie mich betrifft, gegenstandslos.

Diese Angaben werde ich jedoch fortfahren für richtig zu halten,
da das Werk Herodots mir dieselben bestätigt, und nur so sein langes
Fernesein von Athen sich erklärt. Auf die übrigen Einwendungen Weil's
(Revue critique 1878, p. 26.), dem Ćwikliński vielfach folgt, kann ich
hier nicht eingehen, so wenig als auf die neue in der Göttinger Disser-
tation von Hachez (De Herodoti scriptis et itineribus. Göttingen, 1878)
vertretene Ansicht, für welche der gute Glaube an die Ueberlieferung
massgebend war. (Vergl. Abschnitt II, pag. 8 ssq.)

Die von Kirchhoff abgegebene verständliche Erklärung, welche
Ćwikliński für alle Wankelmüthigen zur Darnachachtung wiederholt, veranlasst mich Kirchhoff zwar nicht ‚sträfliches‘ vorzuwerfen, was ich meines
Wissens nie that, ich möchte nur die Möglichkeit nicht in Abrede ge-
stellt wissen, dass Kirchhoff sich irren könne. Da eine Verwechslung der

jener grössern Arbeit begründeten Ansicht nach der Vorlesung
445/4. Zur Abfassung seines Werkes in der Form, wie es uns
jetzt vorliegt, schritt Herodot erst in Unteritalien, wo er seine
Schlussredaction begann, indem er die früher geschriebenen
Einzelarbeiten, seine lydischen, ägyptischen, persischen, Einiges
von samischen, skythischen und griechischen Geschichten, eine
Darstellung des ionischen Aufstandes und des Zuges des Xerxes
zu einem Ganzen vereinigte. Diese Schlussredaction setzte er
dann nach 432 in Athen fort. Zur Anlegung der letzten Hand
gelangte er nicht aus uns unbekannten Gründen und so blieb
in diesem Sinne das Werk allerdings ein Torso.

Namen in der Pausaniasstelle anzunehmen mir unmöglich scheint, so
bleibt nur denkbar, dass statt μ π zu lesen sei und König Pausanias
sowie das Jahr 400 n. Chr. gemeint ist, womit alle Folgerungen Kirchhoff's
fallen.